兌厚 金興寬 詩人 제2시집

날마다 달마다

날마다 달마다

1판 1쇄 인쇄 | 2017. 11. 25.

지은이 | 김흥관

발행인 | 맹경화

발행처 | 푸른산

등록번호 | 제 301-2013-107호

주소 | 서울시 중구 을지로18길 25-2

TEL | 02-2275-3479

FAX | 02-2275-3480

E-mail | csmac69@hanmail.net

값 10,000원

兌厚 金興寬 詩人 제2시집

날마다 달마다

도서
출판 푸른산

시인의 말

나의 일상은 늘 쳇바퀴 돌듯 현실에서 일탈하지 못하고 보이지 않는 포승줄에 묶여 사는 것 같다. 그리하여 나는 날마다 달마다 혼자 힘으로 해결하지 못하고 그냥 죄짓고 산다.

20여년 전 전청상과부였던 어머니께 골 깊은 주름만 각인시켜 드리던 시절에 쏟아져 나온 詩가 바로 '빚진 인생'과 '날마다 달마다'이다.

시인이란 모름지기 수많은 고통을 겪었거나 실패와 좌절을 맛본 아픔이 있는 사람이다. 그 아픔이 토해낸 산물이 시다. 시인이 쓴 진정성 있는 시는 자연에 빚지고 타인과 자신에게도 빚진 사실을 이실직고하는 것이 아닐까.

시는 머릿속이 텅 비고 생각이 충만할 때 이슬처럼 한 방울씩 귀한 보석이 길어 올려지는 것이다. 내가 수렁에 빠지지 않게 늘 손 내밀어 주며 빛이 되어 준 친구가 시인 것이다.

별것 아닌 것에 분노하지 않고 해맑은 정신으로 묵객墨客의 반열班列에 오르지는 못하더라도 녹록지 않은 인생이지만 연어처럼 거슬러 오르리라.

조금 늦게 시단에 나온 탓에 앞으로 갈 길이 멀다. 이제 제2인생의 출발선상에 서 있다. 공부에는 왕도가 없고, 죽을 때까지 하나씩 깨우쳐 가는 삶이 부자보다 더 행복하다. 다시 용기백배하여 초심에서 시 창작 공부를 해 나가리라.

 나에게 선승禪僧 같은 깨우침을 주신 스승은 영원한 스승이다. 첫 시집에 이어 두 번째 시집에서도 그분께 야단맞으며 가르침을 받았을 때가 행복했고 그립다. 서울대 국문과 명예교수이시자 전. 한국시인협회장을 지내신 청강 오세영 선생님께 큰 절을 올린다.

 끝으로 이번 시집의 발간과 시집출판기념회에 도움주신 모든 분들께도 지면을 빌어 진심으로 감사의 인사를 전하며, 부족한 저에게 용기를 주신 나호열 교수님과 자신의 분신처럼 도와주신 도서출판 푸른산 맹경화 대표(시인)께도 감사 드린다. 또한 긴 세월동안 묵묵히 인내해 준 사랑하는 가족들에게도 고마운 마음을 전한다.

2017. 11. 晚秋
兌厚 金興寬

목 차

제 1 부 새로운 비상을 꿈꾸는

제 2 부 햇빛과 바람으로 채우다

제 3 부 날마다 길을 잃다

제 4 부 버들잎 쉼표 하나

제1부

새로운 비상을 꿈꾸는

민들레 홀씨

뽀송뽀송 말린 솜털이
후다닥, 씨 한 톨 흘리며 신접살림 차린다

봄바람 타고 새로운 비상을 꿈꾸는

강물은 사랑이 그립다

자전거 행렬들이 산뜻하다

가을바람이
붕어들의 밀어를 엿듣고 있는 강

논병아리들이
화들짝 놀라는 기척에
강물은 꼬고 앉은 다리를 풀고
자세교정을 하려는지 상체를 뒤척인다

초승달이 북극성을 짝사랑하다 들켜버린 듯
겸연쩍게 눈웃음을 흘린다

봄 눈

잿빛하늘과 땅 사이에서
뻥튀기장수가 하얀 군것질거리를 연신 튀겨낸다

강남의 빌딩숲 속은 온통 튀밥세상

냇가에서 꺾어온 창가의 개나리
막 잎눈을 틔우기 시작한다

사 월

무작정 봄바람을 따라 나선 꽃가루가
희희낙락 하늘에서 잔치를 벌인다

해질녘을 환히 불 밝힌 벚꽃

첫날밤

주택가 뒷길 건너편 숲속에서
쓰나미처럼 밀려온 풀꽃 향

온 동네 안방마다
첫날밤을 치르는 신부인양
먼저 열락 같은 이부자리에 들어가 누웠다

꽃봉오리 활짝 열어젖힐
수정 같은 이슬, 방울방울 머금은 아침을
꿈꾸는 새색시 같은 산통의 봄밤

봄의 숨소리

혈관으로 수액을 빨아올리는
나무들의 연약한 숨소리

아가피부같이 보들보들한
개나리, 산수유, 진달래 꽃잎들이
기다렸다는 듯 차례로 입을 열어 환호하고
화사한 흰 피부가 봄볕에 그을린 목련

봄빛, 햇살에 익어가는 소리 들리는

오월의 아침

깍 깍 깍, 째 째 째, 꾸우꾸우 꾸꾸욱……
새들이 목소리를 높여
빗장을 활짝 열어젖힌다

창 틈새로 스며드는 바람결에
머릿속은 호수처럼 고요하다

마음은 백지위에 하나 둘씩 꿈을 그리며

출근길 발걸음이 가볍다
구름 위를 걷듯

석 류

나무 한 그루
온 몸이 젖은 채
해 마중을 나왔다.

선홍빛 각혈을
왈칵왈칵 토해 놓았다.

교정에서

하늘 멀리
비행기가 분필로 원을 그리고
공사장의 소음소리에 구름이 헝클어졌다

여름 내내 한산했던 교정은
학생들의 발걸음으로 생기를 띠고
텅 빈 주차장은
자동차들로 가득하다

정오 무렵, 사회교육원을 쏟아져 나온
주부들의 차 시동 거는 소리에
캠퍼스가 한바탕 야단법석을 떤다

어느 하루

산중턱에 올라
약수로 목을 적시며
무심결에 돌맹이 하나를 수풀더미에 던져버렸다

까치, 멧비둘기, 풀벌레들
발성연습을 해대고
하늘이 푸른 잎들로 더운 가슴을 부채질한다

개들이 화초들과 입씨름하고
이파리들의 지친 노래를 들으며
여름은 뽕나무밭 그늘에서 사랑방인양 쉬어간다

정오 무렵

매미들이 일제히 악기를 조율한다

공터 한 켠,
작은 섬 같은 쉼터는
저 혼자서 묵상 중이다

하늘에 흐르는 조각구름 한 쪽
남극의 유빙처럼 표류하고 있다

어느새 숲은 햇살을 안고 몸을 뒤척이기 시작한다

겨울산행

내가 나를 꼬드겨 내서
내 발로 찾아간 산

정상에 오른 자들을 위로하듯
산 까치의 노랫소리가
까까까까 기립박수 치는
겨울 산

후루룩

파마한 듯한 라면을
젓가락으로 한 올씩 둘둘 말아 올린다

벌건 국물만 황당하다

안개주의보 발령!
냄비를 기울이자 불어난 면조각과 식용유들
황톳물에 알몸들을 던진다

물과 기름, 견원지간이지만
끝내는 주린 뱃속으로
퍼진 양념과 함께 후루룩 후루룩

점심을 먹고 난 후

햇빛 한 다발 쏟아져 들어와
계단으로 녹아든다

나른한 오색 빛 공상은
방점을 찍고 동강 난다

내 떠난 빈자리에는
일그러진 한 줌의
허연 수염을 매만지며 웃고 있겠지

포장기술

팔자 고쳐준다는 병원들
부은 살 빼고 모난 뼈 다듬고 싶은
중국인, 일본인, 한국인들을 손짓한다

한동안 여자들만 드나들더니
이제는 남자들도 유행병처럼
하얀 침대위에 몸을 눕힌다

백화점 포장지마냥 화려한 빌딩 속에서도
인턴이 실수로 저지른 부작용이
가끔 종양처럼 불거져 나오지만
그럴 때마다 언제 그랬냐는 듯
재빨리 상처를 소독하고 봉합하면
애프터서비스는 끝

대한민국은 역시,
지구상에서 둘째가라면 서러운 성형수술 일등 국가다

퇴계로

도시의 밤은 언제나 청춘

퇴근길 저녁 대한극장 앞에서
흥청거리며 배회하고 있다

어항 속을 뛰쳐나온 붕장어처럼
오늘밤, 이 거리에서
삶의 질문들을 위태롭게 물고 빠는

도시의 밤

태양이 빌딩 너머로 숨어버리자
관능으로 단장한 등불들이
오가는 길손들에게 입맞춤 한다

노동의 대가로 받은 돈으로
밤거리를 집적거리며 쏘다니다가
하룻밤을 탕진하는 청춘들

도로위에 줄선 수레바퀴의 좁은 문에서
팝콘 같은 이기심들이 하나 둘씩 빠져나온다

영화포스터가 나붙은 먹자골목 뒤편
가끔 쇼윈도에 허영이 부딪히고
꿈과 낭만이 겁 없이 활보하던 카페거리

새들이 둥지 틀던 나무숲 광장자리에
쇠말뚝을 박으며 대궐보다도 더 큰
콘크리트 성이 들어선다

번화가 창공을 오르내리던 나방과 조류들은
일찌감치 소문 듣고 짐을 꾸렸다

밤낮으로 숨 가쁜 욕정을 부추기는 공사장
뱃속에서 퍼 올린 토사물더미를 피해
취객들이 휘청거리며 늦은 귀가를 서두른다

어느새 희뿌연 얼굴로 가게 문을 여는 새벽

이 직

이젠,
더 이상 머뭇거릴 수는 없다

내 머릿속에 옹이처럼 박힌 무지개 같은 망상을 버리고
번민으로부터 벗어나야할 때

안주의 늪에 빠져 두 팔만 휘저으며
일곱 빛깔로 달콤하게 포장한 야바위꾼의 속임수로부터
황급히 빠져나와 발품을 팔지 않으면
벌레 먹은 감나무 잎사귀처럼
결국엔 누렇게 말라 비틀어 진 채
대지위로 나뒹굴며 흙먼지로 분칠하고 말 것을

몇 해 전부터 제자리걸음해오던 일터를
두부 자르듯 정리하고
관절염 같은 멍에를 짊어진 채 휘적휘적 오른 산중턱,
다시 나은 행복을 찾아
새로운 비상의 날개를 활짝 펼친다

개나리꽃

봄바람이 한 입 물어다 놓은
나른한 오후

수채화물감으로 노랗게 덧칠한
언덕배기 꽃밭에서
호로로,
한 무리의 참새들이 구름에 안긴다

한 잎 두 잎
파릇한 생살을 찢고 나온
유치원생 같은 웃음소리들이
참새들이 지저귀던 공간으로
일제히 우편엽서처럼 날아다니며
공원의 여백을 메운다

아직은 시린 허공을
노란 빛깔의 입김으로 녹이는
가녀린 몸짓들

사월의 한낮

꽃비가 흩날리는 뒷산 산책로
맑은 하늘아래 서풍이 분다.

흰싸리 꽃과 황매화가 길섶 양쪽으로 나란히 도열해
강아지를 데리고 나온 아주머니들이
떠드는 소리에 귀를 쫑긋 세운다.

봄바람에 맥 풀린 꽃잎들이 땅위를 뒹굴고
햐양 분홍 노랑으로 물든 동네 뒷산
저만치 홀로 선 개복숭아꽃 나무
새색시마냥 화장을 하느라 한창이다.

비둘기 세 마리가 날아와
척후병처럼 전방을 살피며 모이를 쪼고
직박구리가 나뭇가지를 옮겨 다니고

놀이터에서 아이들이 자지러지는 소리와
정자에서 노인들이 바둑 두는 소리에도 아랑곳없이
노곤해진 햇살이 연신 하품해대는

제2부

햇빛과 바람으로 채우다

숲의 돌풍

햇살이 일렬종대로 아카시 흰 꽃 위에
주저리주저리 내려앉은 공원

오늘따라 아이들은 부모 따라 놀러갔는지 흔적이 없고
직박구리와 참새들 우는 소리만 요란하다

앵두나무와 화살나무 사이 길을 오가던 사람들이
구청에서 만든 쉼터에 들어와
운동기구에 몸을 싣고 시계추처럼 흔들어댄다.

갑자기 숲속이 발광을 하더니 커다란 먼지를 일으키며
참나무와 아카시나무들을 못살게 군다.
바람은 몇 차례 경고장을 보내
열매의 잉태를 꿈꾸는 비만한 나뭇잎들에게
자꾸 살을 빼라며 볼멘소리를 낸다

어느덧
힘에 부친 꽃잎과 잎사귀들이 나가떨어지고
잔 나뭇가지들도 부러져 주검처럼 널브러졌다.

나무는 자신을 비운만큼 햇빛과 바람으로 채우고
단단해진 줄기들이 수액으로 잎사귀들을 다독이며
다시 홀로서기를 시작한다

초 여름날 오후

민들레꽃 핀 철제대문 담벼락을 지나
장미넝쿨과 분꽃이 입을 벌리고 있는
여학교 철책 옆으로 올라가면 만나는 근린공원

이웃사람들이 소화불량 걸린 일상의 시름을
털고 오는 소화제 같은 안식처다

공원 위로 하늘의 여백에다
누군가 날렵한 붓 터치로 파아란 구름 한 점,
떠억! 발라놓았다

나는 풀빛 그림자 드리워진 원두막 평상에 앉아
휴대폰 대신 책장에 박힌 활자를 훑으면서
냉장고에서 꺼내온 방울토마토를
무심코 입안에 넣고 깨문다.

내 발치 앞 벗나무 그늘 아래서
참새와 산비둘기들이 들락날락거리느라
연두, 빨강, 검정빛 버찌열매가 몸살을 앓고
강아지 목줄 쥔 여학생이 지나가고
노란 카나리아 한 마리가
노란 옷을 입은 중년여자의 손등위에 앉아
말없이 그 뒤를 따라간다.

나는 분수처럼 솟구치는 수 만 가지 망상을
활자로 짓누르며 영혼의 목마름을 축인다.

어느새
오래된 한지 빛깔 같은 저녁놀이 밀물처럼
공원 안으로 밀려들고 있었다.

가을비 1

내가 늘 오가는
주차장에서 사무실 가는 길목에
가로수 은행나무 이파리들
보도블럭 위를 금빛으로 물들여 놓고

가을은,
저만치서 융단을 깔고 앉아
비에 젖은 채 울고 있다

가을비 2

모처럼만에 내린 소낙비에
뜰은 한바탕 전율하며 부산을 떤다

가을비가 낙화암 궁녀처럼
일제히 대추나무 잎들을 휘감고 뛰어내리자
어느새
감나무 잎들도 눈물의 길이를 재듯 하나 둘씩
파−ㄹ 라−ㅇ 거리며
떨
어
진
다
.
.
.
(하염없이)

연등이 피다

도봉산 천축사 독성각과 대웅전 마당에
연꽃들이 매달렸다

마당바위로 날아가던
까치 울음이 허공에 퍼질 무렵
멀리 연무에 싸인 아파트가
도시의 연못 속에서 낮잠을 자고

어린 들고양이 한 마리가
소나무 위를 오르내리는 청솔모를 쳐다보며
연신 헛발질을 해대는 한낮

신도들은 절집 마룻바닥을 앉았다 일어서며
일주일간 쌓인 업들을 참회하며
저마다 하는 일이 재수있게 해달라고 합장한다

금칠한 독생자를 마중 나온 연등이 흔들릴 때 마다

중생들의 가슴에 분홍빛 꽃물이 가득 스며들고
얼굴을 스치는 바람결마저 따습다

절 입구계단에서 하늘을 향해 기도하던
연꽃들이 환하게 피었고
산을 내려가는 발걸음들이 구름처럼 가볍다

투표하는 날

이른 아침
초등학교 운동장 담벼락 옆 모래밭에는
개구쟁이들을 기다리던 철봉대와 미끄럼틀이
기지개를 켠다

둥근 화분 속 베고니아와 임파센스가 빨간 미소를 짓고
화단에는 무궁화 반송 주목 살구나무 호두나무들이
사이좋게 발자국소리를 반긴다

동네사람들은 뜬소문이 봉합된 교실로 들어가
선거관리사무소 직원이 건네준 투표용지에
누군가의 이름 칸에다 도장을 콱, 찍고
씨익, 웃으며 나온다

조국을 위해 무언가 한 가지 일을 해낸,
위대한 시민이 사는 동네에 해가 뜰 무렵
학교 정문은 빗장을 활짝 제쳐놓았다

철부지들은 등교시간에 맞춰
풋사과 같은 희망 하나씩 어깨에 둘러매고
운동장과 복도를 휘저어 다니며
내 어릴 적에 꾸었던 뭉게구름 같은 꿈처럼
저마다 장래희망의 싹들을 몽실몽실 키워 가겠지

날마다 달마다

눈뜨고 잠들면
해진 가슴 기우며 사는 것 보다
한나절 책 펴고 밤늦도록 글 쓰며
천계天界의 황홀경을 노래하는
지고지순한 선비처럼

세속의 사(邪)ㅅ된 영화 꿈꾸는
얄팍하고 매끈한 피부 만지며
깨알같이 촘촘한 희노애락이 꿈틀대는
백지위에서 꿈길 같은 샘물 퍼 올린다

그래서 날마다 달마다
종일토록 활자에 취해
운문이라도 맛깔스레 빚는다면
덩더꿍 신명나게 어깨춤이라도 출텐데

몸 부딪치는 세속의 험한 풍파
장롱서랍 속에 가둬 놓고

들뜬 호사로움에 눈물겨워하고
햅쌀밥 같은 구수한 시를 지으며
나의 하루를 피와 살로 직조할 수 있으리라

그래, 바람처럼 지나가고 나면 별것 아닌 것에
다시는 분노하지도 말고
손 비비며 자리보전할 것도 없이
한 찰나의 들숨날숨까지도 즐기면서
해맑은 정신으로 묵객墨客의 반열班列에
오를 순 없다하더라도
날마다 달마다
그 순간만을 애무할 수 있다면

바닷가에서

5월 마지막 휴일 날
젊은 날 원대한 꿈을 펼치던 고향 바다를 찾았다

축제를 보러 온 사람들이
모래와 물로 만든 조각 앞에서
저마다 휴대폰 카메라로 추억을 저장한다

어른과 아이들은 모래알만큼이나 많은
발자국지문들을 찍어대며
동심의 바다에 풍덩! 빠졌다

절인 해조음 내음과
갈매기 떼처럼 하얗게 달려오는 파도소리를
와락, 가슴으로 품는다

다람쥐 쳇바퀴 도는 도시인들의 일상은
갑자기 불어오는 해풍처럼

한 번쯤은 무작정 일탈하지 않고서는
도저히 바닷가로 올 수가 없다.

오늘, 내 가슴을 다 채우고도 넘치는
은빛 모래밭과 코발트빛 하늘과 시퍼런 바닷물이
피톤치드 가득한 계곡처럼 무릉도원이 되어준다.

바다의 빛깔과 갯냄새에 흠뻑 취한 날,
젊은 날의 기억들이
흰 파도를 타고 주마등처럼 내게로 왔다.

대변항

항구로 가는 어귀
두 팔을 벌려 작은 포구를 끌어안은
마젠타 빛 등대와 백옥 빛 등대가
서로 마주보며 초병처럼 보초를 선 채
온종일 먼 바다를 검색중이다

방파제 아래에서 돗자리를 깔고 앉아
재미삼아 놀래미를 낚는 사람들 너머로
소금기 배인 횟집들 건너편에
젓갈 파는 천막가게 앞에 도열한 기장멸치들이
성급하게 페트병과 나무상자에 드러누워
줄지어 가는 자동차와 사람들에게 은빛 미소로 인사를 한다

장어구이식당 안 테이블 숯불 석쇠 위에서
식욕을 돋우며 소주잔을 부딪치게 하는
장어꼬리의 파닥거림처럼
손님과 흥정하는 소리로 포구는 활기차다

어부들의 평생직장이 되어준 먼 바다엔
만선을 염원하는 태양이 중천에 솟아오른
어촌의 한낮

아침바다

송정 솔밭공원 너머 수평선 위로
새벽별이 피운 상아빛 아침하늘

모래펄에 선 발치에다
파도행렬이 방목한 열락의 흰 꽃무지들

백합꽃 같은 여명에 취해
잠시 달디 단 잠속으로 빠지고 만다

모순되고 불편한 것 죄다 벗어 던지고
높이 솟은 거센 너울 쩌억! 갈라서
활화산처럼 만개한 저
꽃무더기 섬으로 노 저어간다

해초에 미끄러지고 바위에 부딪쳐도
다시 모래를 파헤치며 헤엄쳐가는
조개처럼 하얀 꽃을 피워내는 아침바다

불꽃축제

팝콘을 튀겨내듯 꽃들이 피어나는
바닷가 밤하늘

어둠 속의 구름이
폭죽소리에 잠들지 못하고 눈을 뜬 채
아직 떠나지 않은 세상을 보듬고 있다

밤꽃이 꿈처럼 피었다지면
다시 별들이 뜨고 지기를 되풀이한다

연인들의 환호성이 솟구칠 때마다
밤바다는 어지럽게 자전을 시작한다

밀려갔다 밀려오는 게 인생이라며
철썩,
파도가 방파제의 어깨를 때린다

내일 혹은 모레쯤이면

산책로를 환하게 비추던 해가 구름 속으로 숨자
황톳길 표정이 금새 어두워졌다.

서둘러 집으로 가는 사람들
하늘에서 맹수가 한참 포효하더니
스파크가 일고 벼락의 꼬리들이 몸서리를 친다.

후두둑, 비가 쏟아진다.
저기압과 고기압이 담합하여
메밀국수 뽑아내듯 장대비를 쫙쫙 뽑아낸다.

이 비가 그치는 내일 혹은 모레쯤이면,
이웃집 순이의 말간 얼굴 같은 햇빛을 볼 수 있으려나

늘 다리운동 삼아 다니던 흙먼지 바람에 날리던 들길
가장자리에 나앉은 금송화와 개망초가
선머슴처럼 훌쩍 키가 자라 있겠지.

도봉산에 오르다 2

빨강 파랑 배낭들이 줄지어 무작정 산을 오른다

약수로 목축이고 계곡을 내려다보니
물속에서 숨바꼭질하는 물고기들
겨울나면서 키가 훌쩍 자랐다

새색시인양 노란 옷 입고
길섶으로 봄 소풍 나온 개나리
발걸음마다 배시시 웃으며 고개 짓할 땐
어릴 적 옆집 살던 새색시를 닮았다

폭포를 튀어 오르는 연어처럼
휘적휘적 꼬부랑길을 오르는 등산화들의 호흡이 거칠다

고생 끝에 만병통치 백신을 하나 얻은 것처럼
희열의 엔도르핀을 맛보기 위해
나는 오늘도 도봉산에 오른다

한가위에는

보름달처럼 인정 넘치는 팔월대보름
가족이 모두 만나는 날

황금빛 들녘에 붉게 물든 홍시 같은 설레임으로
흙냄새 풀냄새 조차 정겨운 고향집엘 찾아와
햇과일과 햇곡식으로 푸짐하게 한 상 차려서
먼저 가신 부모와 선대들의 은덕을 기리고
살아온 한 해, 살아갈 한 해를 감사드리고

모처럼 바쁜 일상을 벗어나
꿈에도 그리워서 보고 싶은 부모형제와 자식들이
사랑방에 오순도순 둘러앉아 밤을 지새우고
서로 알콩 달콩 사는 얘기 나누며 웃음소리 꽃피우고
힘들고 아픈 지난 기억들 죄다 지워버리고
주름살 깊은 홀어머니에게 불효한 세월
너그럽게 용서하며 서로 토닥여주는,
그런 날이었으면

달 밝은 하룻밤만이라도 쌓인 앙금 훌훌 터는

눈물

그 몹쓸 세월이 내게서
뜨겁던 열정을 앗아가 버리고 남긴,
은빛 강되어 흐르는
두 줄기 설움

눈물은 지나온 시간만큼 금을 긋고
푸르던 시절은 붉은 계절로 가득 채워놓았다

인 생

어떤 무명작가가 짜놓은 각본에 따라
분 바른 광대들이 세상이라는 무대 위에서
신명나게 떠들고 놀다가 관객들로부터
찬사나 야유를 받으며 맥없이 퇴장하는 것,

밀려왔다 밀고 가는 저 세월의 바람처럼

푸른 꿈

할딱거리는 숨 내쉬며 산을 찾는 사람들

소나무, 참나무, 밤나무 향내 흠뻑 젖은
숲의 허파까지 파고들어와
삶의 표피들을 털어내며
이파리들이 내뱉는 파장을
피부 속 깊이 빨아들인다

여린 풀꽃들조차 산들산들거리며
철따라 초록에서 황토로 옷 갈아입는
운명 같은 들숨과 날숨이 교차하는
숲속은 장엄하다
나무들은 계곡물소리 벗 삼아
땅속에서 밤낮으로 혼신을 다해
낙엽을 발효시킨 자양분으로
꽃 피고 지던 자리를 뚫고 열매를 잉태한다

흙, 물, 바람, 햇볕으로
산야의 목숨 붙은 미물까지도 품삯 없는
삶의 젖을 물리고 땅위로 다시
은밀하게 새 생명을 밀어 올리는 꿈을 꾼다

청춘의 반란

오늘은 모처럼 벌초하는 날
누런 대지의 가장자리 군데군데
삐죽삐죽 삐져나와 허옇게 빛바랜 들풀들

양산 장날 고구마처럼 길쭉한 모양에
좁다란 이마위로 언제부턴가
시간이 긋고 간 두 줄기 강
두 갈래 쪽진 머리의 기생오라비 같은
번지르르한 멋 내기는 싫어도
달포만에 깔끔 떠는 여유가 그냥 좋다

비옥한 텃밭 사이사이로
어둠의 수액으로 핀 번민들

황금부리 같은 족집게가
허공에서 맴을 돌다가 날개 접은 매처럼
수직으로 쏜살같이 검불 속에 내려앉아
하얗게 타들어가는 잡초를 낚아챈다

대저택의 정원사가
들쭉날쭉한 모난가지를 쳐내듯
귀성길에 갓길 가던 얌체족들에게 범칙금 딱지 발부하듯,
칠성산에 숨은 공비 잔당들을 골로 보내듯
금빛 날개는 쉼 없이 텃밭의 시시비비를 가리고
삼시 세끼 제때 못 먹고 미움 받으며 자란
기름찌꺼기로 태어난 세월의 흔적들을
날렵하게 인정사정없이 잡아낸다.

어느새 희끗희끗하던 풀밭은
불혹을 거부하는 청춘의 반란으로
새 옷을 갈아입은 듯 생기가 돌아났다.

사춘기
- 가출

철부지 같은 큰 아이가 집을 나가
그날 밤 돌아오지 않았다

큰 아이는 아내와 작은 아이랑 셋이서 다투고서는
홧김에 나가 이웃에 사는 친구 집에서 밤늦게까지 놀다가
귀가시간을 잊어버렸다

남의 집 아이들이 버림받고 밖으로 떠돌 땐
그저 안타깝기만 했는데,
내 자식이 가출하여 부모가슴에 염장 지를 땐
백번도 더 속상하고
둑이 무너지듯 후회가 폭풍우처럼 밀려왔다

늘 곁에 있을 땐 그 소중함을 모르다가
방심하다 발 헛디뎌 맨홀에 빠진 것 마냥
부모 손을 놓치고 길을 헤매는 아이,
등 뒤에 아기를 업은 줄도 모르고
동네방네 찾아 나서는 넋 나간 엄마,

원하는 것이 바로 코앞에 와있어도
제 손에 고삐를 움켜지지 못한 득우得牛* 같다

누구의 잘잘못이든 모두 다 덮어두고
부모가 따스한 온정을 베풀고 배려하면서
가족이란 사랑의 울타리로
암탉이 알을 품듯 품어줘야 한다

가출 하루 만에 서로 사죄하고 용서하며
놀란 가슴 다시 추슬러 소동을 잠재우며
제자리로 돌아온 깨소금 같은 행복

아이는 단 한 번의 일탈로도
한 뼘씩 키가 자라듯 철이 드나보다

* 심우도尋牛圖 중 10도 제4도인 '소를 얻다'라는 의미.

꿈 길

백마를 타고
그대의 보드라운 손을 꼭 잡고
잿빛 도시를 빠져나와 해운대 달맞이 길을 따라
무작정 달려갑니다.

가로수 곧게 뻗은 동해안 해변도로를 달리다가
때로는 느릿하게 강변을 거닐며
햇살을 온 몸으로 막아 선 채로
그대의 그늘막이 되어주고 싶습니다.

요동치던 영겁의 세월을 견뎌온
설악의 계곡으로 숨어 들어가
탐, 진, 치 삿된 욕망을 말끔히 씻겨내고서
수정 같은 이슬방울로 목축이고
밤이 새도록 임을 기다리다 핏발 서버린
그대 눈망울 속에다
청정한 꽃비로 듬뿍 적셔주고 싶습니다.

꽃과 열매 한 아름 따다 장식해서
산짐승 하객들 모조리 불러 모아 혼례를 치르고
힘닿는데 까지 아들 딸 낳아 기르면서
천년, 만년 지나도록 후대에까지 정을 물려주며 살고 싶습니다,
두 눈을 꼭 감은 채

선 잠

두 팔을 벌려 창공으로 훨훨 날았다

공원과 주택가를 오가며
예리한 부리로 먹이를 쪼아 먹다가
갈증 난 목을 축이고선
나무위에 앉아 구름을 덮고 눈을 감는다

한낮 동안 식물의 영양소가 된 태양,
황혼녘의 맥박처럼 느슨해지고
라디오에서 흘린 지친 음악과
보일러의 목쉰 소리가 아득히 들려온다

한바탕 나뭇가지를 흔들고 지나가는 바람
생각의 눈들이 번쩍 뜬다

화들짝 놀란 새 한 마리
날아오르다가 떨어트린 깃털 하나

제3부

날마다 길을 잃다

노동의 대가

인간이라면, 아무런 생각 없이
무작정 내일을 기대하지 말아야 한다

후회 없는 삶을 위해
사람이 사람을 위해 약정한 황금 같은 시간에는
불도저처럼 열정적으로 땀을 흘려야하지 않을까

지금 이 순간에도
사람이 사람을 위해 지켜야 할 일에는
A4용지에 빼곡히 채워야 할 문장도 있겠지만
분쇄기로 자르며 폐기처분해야 할 대외비도 있는 것

제 손 하나 까딱하지 않고 발품 한 번 팔지 않으려고
회전목마처럼 머리만 굴리며 꼼수를 써 본들
눈동자 한번 껌뻑이면 해 뜨고 지는 데
쳇바퀴 도는 시절을 탓하며 주눅 들기보다는
내 가족의 안위를 위해 두 눈 부릅뜨고서

목숨처럼 일을 등에 업고 가야하지 않을까

노동으로 용맹정진해서 얻은 대가
시선조차 구속과 편견이 없는 자유를 보상받아
강물에 낚싯대 드리우며 의자에 앉아 세상시름 잊는
연인끼리 가족끼리 놀이기구 타며 솜사탕 녹여먹는
그 짜릿한 즐거움

진정, 우리가 원하던 게 아닐까

길 2

1
스탠드조명 아래로 곤충 한 마리가 날아왔다

2
공항으로 진입한 경비행기가
관제탑과 교신을 주고받으며
공중을 선회한다
잠시 바람에 흔들거리다가
활주로를 한 바퀴 돈다

3
나를 탐색하던 곤충이
더듬이를 움찔거리며
미끄러지듯 하강을 시도한다
책상에 펼쳐진 시집 위로 도열한
시행과 시행사이를 내려와
활자를 마구 쪼아 먹고는

잠시 머뭇거리더니
힘찬 나래 짓하며 내일을 향해 날아간다

4
미풍에도 흔들리는 몸이지만
탐험가처럼 한 생 던져서
세상을 헤쳐 나간다

승자보다 더 많은 패배자들은
다가올 시련이 두려워
패자부활조차 꿈꾸지 못한다
세월만 축내는 군중 속의 내가, 나의 속내를 읽는다

고요를 일깨우는 저 외로운 목숨의 찬란한 비상,
내가 시도해야할
나의 길

감 기

살갗이 긴장하며 온기를 매수하는 계절
온돌방에 누워 꿈길을 걷는다

논 밭떼기 한 홉 없이 농촌에 태어나
뱃속을 채우고 채워도 아귀 같던,
아련한 내 유년 시절
풍선 같은 희망을 가슴 가득 품은 채
마른 어깨에 가난을 짊어지고서
가족 따라 도시로 온 지 수 십 년
여태 작은 소망 하나 이루지 못한
화석처럼 상처로 남은 꿈속 밖의 사악한 저 세월

화려한 욕망에 이끌려 바람처럼 안개 속에서
길을 헤매다가 문득 눈을 떴다

나른함에 취한 생애의 반쪽이
영혼의 이슬같이 증발해버린

상월霜月* 그믐밤

잠시 따사로운 여유 부리다가
덜컥, 심장이 멈춰버린 녹슨 기름보일러

냉방에서 억지 꿈꾸다가 고뿔만 들었다

*상월 1. 서리와 달을 아울러 이르는 말.
       2.서리가 내리는 밤의 차가워 보이는 달.
       3. 음력 11월을 달리 부르는 말.

솔 개

아버지가 어린 자식들에게 유산처럼 남기고 간
이기심이 날개를 펼치며 공중을 배회하다가
어스름을 틈타 쏜살같이 지상으로 내려온다

날카로운 부리로 섬광처럼 잽싸게
졸고 있는 닭의 모가지를 물어뜯고
긴 발톱으로는 몸통을 낚아채 깃털을 뽑고
수전노처럼 싱싱한 가슴살을 찢고 심장을 쪼아 먹는다

탐욕은 지혜가 없고 힘의 논리에 집착하는
짐승의 추악한 얼굴
먹으려는 자는 위압과 폭력을 쓰고
먹히는 자는 고통과 희생을 당할 뿐

오랫동안 날지 못하는 데 익숙해져버린 퇴화된 날개는
비명을 지르며 순식간에 혼절하고

욕망의 화신은 피의 본능에 따라
자만의 주둥이로 허기를 채우고 하늘 높이 날아올라
전지전능한 신이 되어 지상을 갈퀴로 지배한다
타락한 속물과의 사투에서 백기를 든
구슬처럼 눈물 흘리던 슬픈 눈동자는 어디론가 사라졌다

저녁하늘엔 개 짖는 소리 가득 울려 퍼지고
마당에는 꽃비 같은 깃털만 바람결에 흩날린다

생의 반나절

모양새 갖추고 우물쭈물 하는 사이에
생의 반나절이 급행열차처럼 휘익 지나갔다

아스라이 저 꾸불꾸불한 코스를 따라
마라토너처럼 숨차도록 돌아온
목말랐던 장거리 여행길
덧나고 상처투성이가 된 삶의 밑창에
슬픔이 엉겅퀴처럼 붙어왔다

다시 용기 내어 시작한 힘겨운 일상을 보듬어 안고
농부처럼 땅 파서 거름 주고 종자를 뿌려본들
바로 위로 직행하는 사다리에 오를 수가 없어서
헛기침 같은 공염불만 메아리로 되돌아왔다

어디서부터 단추를 잘못 끼운 걸까

잊을 만하면 주정뱅이 같은 안개 낀 날들이

고지서처럼 찾아와 빚만 돌담처럼 쌓이고
멀리 갈 수도 없는 양계장 같은 울타리 속에서
손발과 눈을 그렇게 혹사시켜 왔나보다

나를 위해 한번쯤 보란 듯이 일어서봐야 되지 않을까

토굴 속에 갇힌 삶의 익숙함으로부터 벗어나
진주구슬처럼 유유자적한 생의 절반을 위해
열정으로 충전시킨 손전등 하나 켜들고 나서면
어느새 아침햇살이 희망처럼 대문을 활짝 열고

수 화

한 식구로 살아온 지 반년

마코야나와 아레카야자는
TV를 사이에 둔 이웃사촌이다

둘은 한 지붕아래서
사랑을 먹고
희망을 키운다

겨우내 주눅 든 열대체질들
대화가 통 없다가도
가끔 몸짓으로 말한다

지하철 안의 젊은 남녀
눈으로 생각을 주고받는다
문득, 한 가족을 바라보던
표정이 어두워진다

고향을 그리워하는 눈빛,
말은 계속 하고 있지만 한마디도 하지 못한
수수께끼 같은 언어들을 빚어내는
두 손놀림이 연신 바쁘다

화원이 그리운 풀냄새 진동하는
봄날은 왔건만
꽃피우지 못한 초록빛 꿈들
하늘만 바라보며
화사하게 입 터질 날만 기다린다

청구서 한 통

친구 집에서 백일 저녁상 받아먹고 와서 보니
카드대금청구서 한 통이 채권자처럼
방바닥에 기다리고 앉아있다

안 보려다 기어코 봐버린 일곱 자리 숫자
일백 삼십 팔 만원,
결재일 1997년 3월 27일,
가슴 와락 내려앉는 소리에
놀란 심장은 서서히 쪼그라들고
청구서는 한 판 목조르기로 죄어온다.

지난해, 허리 졸라매고서 가입한 일 년치 적금과
삼년 불입한 생명보험금에 카드대출까지 받았다.
부채는 원금보다 복리이자로 새끼 치는 것이
돌고 도는 지구처럼 윤회하는 인생 같다.

불혹의 나이에 찾아온

가난에 찌든 삶은 돈 때문에 후진기어를 넣고는
다시 두어 달 뒤로 물러나고
어느 세도가는 비밀스런 골방에 들어앉아
수천억보다 더 큰 후광으로
타인들의 재물을 곶감처럼 빼먹는다.

삶이 팍팍해진 사람들은 헛기침만 해대고
쌈짓돈 한 푼에도 죽기 살기로 일하며
속병 앓는 이유를 저들은 알까.

삶이란

기찻길 옆에서 태어나
지평선 너머로 사라지는 기적소리다

언제부턴가 두렵기만 한 시간의 알갱이들이
활화산 같은 열정을 깔고 앉아
이곳 세상과 타협하며 안주하려한다

그 황무지에서도
실하지 않은 뿌리와 잔가지만으로
세찬 비바람을 견뎌 온 포도나무처럼
오늘의 고단함보다 내일의 풍족함을 바라면서
저녁놀을 안으며 눈물겨워한다

다들 벼룩처럼 톡톡 튀는 세상에서
속옷 속의 욕망을 억누르며
단 한 번도 호사를 부리지 못한
담장아래 복슬 개 같다

앞마당에 떨어진 이파리들은 무심결에
바스락거리는 소리에 가슴이 오그라든다

먼 산보고 걷다가 낭떠러지로 실족한 젊은 날
시냇물처럼 거침없이 흘러간
목소리를 잃어버린 벙어리 같은 순간, 순간들
멈칫멈칫 하는 사이 놓쳐버린 절반의 삶
대체 무엇이 잘못되었는지
정녕 참회만으로는 원점으로 되돌릴 순 없을까,
임대 만료된 사무실의 원상복구처럼

내가 원하든 원치 않든
삶은 지평선 너머에서 아지랑이처럼 피어오르는
기적소리로 온다

빚진 인생

달마다 해마다 나는
빚지고 산다

두고 온 고향의 어린 벗이나
운문사 대웅전에서 문안 인사 올린 부처까지도
주고 베풀게 없는 앙상한 영혼

시작부터 끝마칠 때까지 줄곧 일개미같이
뜀박질하며 땀 흘린 삶을 셈 해봐도
늘 모자람으로 속 앓는 베짱이신세.

왕년에 탄탄한 일터에서 받던 쇠전으로
때깔 나는 아파트는 아니어도
전원속의 아담한 집 한 채 쯤 마련 못한
서글픈 이십대를 지나

집은 일단 뒷전, 편리함이 먼저

향락의 무리 맨 끝에 줄 선 탓으로
시대의 유행병과 안이한 수레바퀴의 덫에 목 졸리어
눈멀고 귀 얇던 그 서른의,
우둔함에 울었다

청상과부로 모질게 살아온 칠순 노모께
늙은 한숨과 골 깊은 주름만 각인시켜 드렸을 뿐,
은덕 모르는 타인 같은 팔등장성
오늘도 빚지고 산다

탯줄 떼고서 서른 몇 해의 삐꺽거린 세월
실속 없이 빚만 한 짐 가득지고
당신께 받은 건 젖은 밤별처럼 무수한데
드린 거라곤 고작 열손가락의 수효보다 적어
다시 태어나면 얼마만큼 베풀고 되갚을지 몰라
그냥 죄짓고 산다

퇴근

긴 하루,
책상 위에 어질러놓은 오늘을 주섬주섬 챙기고
긴장으로 지친 빌딩 문을 밀고 나왔다

노루궁둥이만한 햇살이 도시의 한 귀퉁이를
반 지하 방바닥처럼 서늘하게 비추고

방전되어버린 다리를 부축해 차에 오르면
허기진 생각들이 일제히 뇌혈관을 타고
바이러스처럼 온몸으로 퍼진다

한 시간을 거품 물고 달려야 도착하는 하루의 종착지는
까칠해진 피부만큼이나 포만하지 못한 삶이 굴절되고
스스로 발기하지 못한 백치 같은 삶이 기다리는 곳

늘 기대하는 일과의 보상은,
꿀맛 같은 자유로운 휴식을
안방 하나 그득 선사받는 것

마음의 속성

1.
뜻있는 일에는 주저하면서
떳떳치 못한 이익에도 목숨 거는 도박사처럼
나태함으로 울타리 친 방종의 城

2.
나보다는 남의 희생을 강요하면서
저 혼자 소유하기만을 꿈꾸는 간신처럼
줏대 없이 머릴 조아리는 의식의 하인

3.
한 번도 베풀지는 아니하면서
빼앗아 가기만하는 기생충처럼
심장 속에 세 들어 사는 물욕의 용광로

가로등 2

노을 지면
골목에는 노란 꽃, 길가에는 하얀 꽃
하나씩 피우고
날개에 묻은 번민의 각질을 털어내는
불나방들의 놀이터

하루가 고된 자들에겐
내일의 간절한 희망이 되고
첫사랑을 기다리는 사람에겐
먼 훗날의 추억으로 남는다

만남과 이별을 지켜보며
반가움과 아쉬움의 사연을
신부님에게 고해성사하듯 묵묵히 들어주는
듬직한 머슴 같은 이정표

가끔 취기에 고삐 풀린 무정들을

죽비로 내리치는 선승禪僧의 혜안 같고
안개 속을 헤치고 온 택시기사처럼
집 앞까지 바래다주는 오랜 친구 같다

퇴근길, 껌뻑거리는 노안으로
대문 앞에 마중 나온 어머니의 마음 같은

미 련

산그늘이 한 눈 파는 구름을 붙잡는다

주택 옥상의 빨래들이
바람결 따라 흥겹게 춤을 춘다

한 풀 꺾인 더위가
몰래 유희하다 들키는 오후
내 뺨을 훔치고 발등을 핥던
햇살이 창턱에 앉아 한 숨 돌리며
나뭇잎 닮은 한 줌의 그리움을 슬며시 내려놓는다

어느새 공원언덕에서 건들바람에 실려 온 가을이
고개 내밀면 강아지들이 꼬리를 흔들어댄다

더위에 지친 이파리들의 못 다한 여름이야기
책갈피 속에 끼워두었다가
노란 은행 산달 되어 땅 위에서 몸 풀 때

이어폰 꽂은 소녀의 흥얼거림처럼

은은한 음성으로 듣고 싶다,
갈대숲을 나는 새떼의 메아리처럼

11월의 단상

따스한 계절을 삼킨 별빛이 우물처럼 깊어졌다

갈바람에 흔들리던 갈대가 호숫가에서
핼쑥한 허공을 붙잡으며 춤추는 밤

단풍에 물든 기억을 되짚어 세월을 따져보니
맵싸한 양념처럼 코트자락사이로 스며드는
늦가을바람에 벌써 손발이 시려온다

꿈속처럼 아득히 몰려오는 적막

새해 첫날

흔들리던 그 세월은
이미 과거의 기억 속에 사라지고 화석처럼 남았다.

근엄한 자세로 벽에 서있는 괘종시계의
큰 침, 중간 침, 작은 침 세 개가
동시에 하늘로 솟구쳐 올라 용이 되어 합일을 이룰 때,
삼백하고도 육십오일을 새로 맞이할
삶의 선수교체가 모두 끝나고

밤이 늪 속으로 빠져드는 동안 새벽은
국경선 같은 앞산 위로
슬그머니 희망의 해를 떠밀고 나와서
한줄기의 찬란한 빛으로 또 다른 세상을 비춘다

누구도 정복하지 않은 텅 빈 여백 같은 백설왕국에
첫 발자국을 찍는, 한 일자로
첫 획을 치는 날

죄와 눈

목화솜이불 같은 시간이
새벽 내내 발효시켜 만든
피안의 아침

빈자와 부자가 자신도 모르게 저지른
거짓과 실수를 쓸어 담은 보통이들이
한 순간에 감쪽같이 면죄부처럼 사라진 세상

망망대해에 버려진 사람들이 어쩔 수 없이
다시 도덕과 상식을 들어낸 길을 터서 죄악처럼 걸어가는
눈 내린 날 아침

TV시청 유감

주말마다 거제도 막내가 부산 거제동 어머니 집에 온다
점심 무렵,
안방에서 개그나 전국노래자랑 보려다가
온종일 리모컨만 눌러대는 상전 같은 동생에게
채널을 양보했다
한 뱃속에서 나온 형제지간인데도
성년이 되어 서로 사는 방식이 달라서일까
노는 취향도 다르고 화법도 서투른
어릴 적 영민함은 어디로 갔을까
매사가 쉽고 편리함에 붙박은
안주의 늪에 빠져 허우적거릴까
오락프로그램에 중독되어 제 몸 하나 제어 못하는
거미줄 같은 나태한 방종을 확 걷어내지는 못할까
24인치화면 앞에 돌부처마냥 버티고 앉은
부패한 습관을 청정수로 말갛게 닦아내지는 못할까

스마트폰 2

손안에서 하루가 요리되는 세상

눈 뜨자마자 생각의 손들은
품삯 없는 일과가 시작한다

원터치로 기억재생프로그램이
초고속의 세계를 넘나든다

어른들이 전화 걸고 검색하는 동안
아이들은 문자 보내고 오락에 빠진다

공부보다 더 신난 즐거움이
두 손위에서 재현된다
톡톡톡 틱틱틱……

말소리와 상상들이
언어의 혀로 직조되어 순식간에 전송된다

눈요깃감들이 말랑해진 영혼 속에
암세포의 포자를 퍼뜨린다

마법 같은 미끼가
신도시개발의 조감도 같은 칩 속에
빼곡하게 박힌 판도라상자

눈과 손들은 벌써,
반도체의 노예가 된지 오래다

컴퓨터시대

해 뜨면 도심은 세계일류를 꿈꾸며

하루사이 또 다른 문명의 이기를 쏟아내는 현대인들

손가락으로 입으로 재빠르게 액정을 터치하고

이미지를 죄다 눈으로 담아 클릭하면서

가슴속마다 큰 용량의 자료를 저장하지만

빛의 속도로 가는 디지털의 시공간에 합류하지 못한

과거에 머문 아날로그 세대들의 옹고집에

선한 자들의 하루가 고달프다.

제4부

버들잎 쉼표 하나

충동구매

봄날 퇴근길에서 마주친 청춘들

가슴을 드러낸 꽃들이
화원 속을 쳐다보는 사람들에게
핑크빛 미소로 손짓한다

유리벽 안에서 다리 꼬고 앉은 여자들
은밀한 속살을 내비치고선
잠시 쉬다가라며 눈웃음친다

저걸 팔아줄까 말까
생각이 갈대처럼 흔들린다

한참을 망설이다가 백화점에서
꽃무늬 팬티와 브래지어 한 벌 샀다

TV홈쇼핑 속옷광고를 보고 있던 아내에게

생전 안하던 짓 한다며
저녁 내내 핀잔만 들었다

갈증해소

저 심연의 밑바닥으로부터
맑디맑은 물 한 바가지 퍼 올린다

생수 한 잔으로 양은냄비처럼
끓어오르는 심장을 적시며
내게 남은 시간의 길이를 잰다

가끔 나태해진 혓바닥이라도 잘라내고서
천근같은 듬직한 혀로 이식하고 싶을 때쯤이면
도망자처럼 쫓기듯 살아 온 날들이
악몽처럼 두 어깨 위를 올라탄다

시냇물처럼 몸을 낮추지는 않고
새처럼 높이 비상하기만을 꿈꾸는
아집과 탐욕이 무명으로 박제되어 이지러진 달처럼
처세가 지혜롭지 못했으므로
나의 인생은 권태로워졌다

그 때가 오면 달빛과 별빛을 따다가
들꽃에 버무려 발효시킨
증류수 같은 시 한 편쯤 돌에다 새길 수는 있을까
이도저도 아니면,
아무나 하지 못하는 일다운 일 하나쯤 할 순 없을까

드라마의 주인공처럼 열정적으로 살다가
일당치기 같은 생의 마침표를 찍고
후회 없이 피안으로 떠날 그 날은 언제쯤일까

표주박에 버들잎 하나 구름 한 점 띄운
중년의 쉼표 같은

탈 선

4호선 삼각지역 부근에서 열차가
봄비에 미끄러져 궤도를 벗어났다

한 시간도 채 안 걸리던 출근길이
거북이걸음 하는 두 시간동안 꽉꽉 구겨 넣은
핸드백과 배낭은 콩나물시루 속에 포위된 채
승객들의 볼멘소리가 한 숨 쉬듯 터져나온다

차체가 흔들릴 때 마다
말표 구두약으로 광낸 아침이 밟히고
도착역을 알릴 때 마다
동료기관사가 저지른 실수를
연대책임 지듯 속죄를 반복하는 안내방송

누군가의 사소한 부주의로
아직 도착하지 못한 어긋난 일과

땅 밑으로 꺼질듯 다리는 저려오고
허리도 끊어질 듯 아파오는데
저만치 튕겨져 나가버린 시간은
누가 물어내지

치과에 간 날

일주일전 단골 약국에서 소개해준
전철역 앞 치과로 올라갔다

치아치료를 차일피일 미루어오다가
십 수 년 만에 수술 의자에 누웠다
치과의사가 주사기로 잇몸을 찌르며
마취제를 주입하는 동안
손바닥과 가슴에는 땀이 절로 배어났고
낯선 기억 저편에서 들리는 듯한
풍치를 깎아내는 기계음 소리에
신경은 온통 벌어진 입안으로 몰렸다
이러다 잘못되면 어떡하나
판사 앞에서 선고를 기다리는 피의자처럼
만약에 일어날 실수에 불안이 파도처럼 밀려오고
애써 태연한 척하며 착한 아이마냥 눈을 감았다
- 입을 더 크게 벌리세요, 아프시면 왼손을 드세요,
의사가 벌레 먹은 이빨을 조각가처럼 다듬는 동안
징검다리를 건너듯 실패로 이어진 수 십 년의 과거들이

시속 300km로 달려가는 KTX처럼
휙휙 거리며 지나갔다
– 이제 다 했으니 물로 입안을 헹구세요,
간호사는 친절하게 웃으며 의자를 들어올렸다
수고하셨습니다,

내 눈에는 나도 모르게 이슬 한 방울이
섬처럼 맺혀 있었다

꿀참외의 눈물

딤채에서 잘 익은 참외 한 개를 꺼내놓았다

얼마 후 주방에 가보니
보름 전에 시장에서 사온 참외가
수정 같은 노란 눈물을 흘리고 있었다
시골농장에서 온 형제들과 함께 검은 비닐을 덮어쓰고
한동안 만년설에 휩싸인 동굴 같은
어둡고 차가운 방에 갇힌 채

단단한 몸과 작은 씨앗들은 생명연장을 위해
치과의사가 잇몸에 주입한 마취주사처럼
순간냉동처리가 되었고

달달하던 액즙마저 입맛을 잃고
효모처럼 발효되지 않고 동면했다가
보름간의 시차에서 깨어난 껍질 속은,
신선도가 떨어지고 당도도 낮아져서

종양처럼 멍든 과육은 과도로 도려내져
하얀 몸뚱어리가 포크에 박혀서 접시에 누웠다

해빙에서 풀려난 꿀참외는
이제 더 이상 속상하지도 않고 울지도 않는다,
고향땅을 향해

배 려

오랫동안 기다려 온 눈이
그리움 봇물 터지듯 별처럼 쏟아진다

묵언수행으로 뒷산을 지키던 나무들이
금새 화선지속 동양화의 주인공이 되었다

차들이 도로 위를 엉금엉금 기어가고
주차장에서 눈사람 만드는 철부지들의
깔깔대는 웃음소리에 콧노래가 절로 나온다

하늘이 고통으로 수태한 흰 꽃들이
세상이 저지른 방종과 더러움이 켜켜이 쌓인
잿빛세상을 순백으로 표백시켜준다

환한 미래로 구원받으려는 사람들이 사는 동네에
적막함 사이로 눈꽃들이 희망처럼 쏟아지는,
남을 위해 만든 이 세상 최고의 작품

서울외곽순환도로를 무사히 통과하는 방식

금요일 늦은 오후
신호등도 교통경찰관도 안 보이는 고속도로라고
절대 갓길로 가지마라
차 밀리면 가다 서다 새치기하는 화물트럭 뒤로
절대 따라 붙지 마라
차폭등 좌우로 켜대며 추월하는 승용차 뒤에선
절대 차선변경 하지마라
시속 110km를 초과하는
외제차와는 절대로 경주하지마라

나는 트렁크에 한 짐 가득 싣고
먹이를 좇는 들소 떼 같은 차 물결을 헤치며
화성 공장에서 서울외곽순환도로를 타고
일산 집까지 봄바람 같은 속도로 달려왔다

흔들리는 시대
- IMF시대

오늘도 출근부에 도장을 찍는 대신
방구들 안고 사는 백 만인의 틈새에서 빠져나와
식은땀 흘리며 살아온 그 몇 개월

거제도 작은 누나로부터 걸려온 심야전화에
갈대처럼 다시 흔들린다

시원찮은 장사 수입에
밀린 곗돈 부담된다며
또 한 번 흘리는 눈물
새날은 차츰 동터 오고
나랏님도 바뀌었는데
고금리 빚은 여직 절반도 채 안 줄고
딸린 처자식도 없는 홀몸인데도
십년만큼 뒤로 물러앉은 세간 살이

이제 아무것도 내줄 것이 없는
금테 두른 알람시계의 초침소리만

쿵쾅거리며 가슴 뛰듯 크게 들리는
이 밤이 다시 흔들린다

하루하루 먹고 사는 일이 버거워
내일을 기약할 수 없는 시간들이
도시의 골목마다 쓰레기봉투처럼 천덕꾸러기로 쌓여있다

스트레스 해소법
- 그 여자의 진실

그날 저녁
편집일하는 곳에 후배가 들렸다

오늘 내가 마무리하지 못한 일이
임시 품 팔은 제몫의 일인 양
번득이는 예리한 지성으로
이건 빼고 저건 살리자며
힘 부치던 교정 일을 함께 갈무리하고 퇴근을 했다

보리 발효냄새 그득 배인 호프집에서
콩나물시루 같은 출근버스처럼
흰 거품만 꾸역꾸역 게워 내는 투명한 유리잔 속의
누런 액체가 채워졌다 비워지기를 몇 순배
우린 누가 뭐라 할 것도 없이 험담의 요리사가 되어
맥주 묻은 이빨을 드러낸 채
늘 두꺼운 화장과 거짓 미소로 교묘하게 감춘
그 여자의 추한 진실을,

도마 위에 올려놓고서
도려내고 썰어내기 시작한다
부패한 허영의 내장처럼 부위를 먼저 긁어내고
짓물러버린 속살의 미련함을 포를 떠서
화석처럼 휘어진 등뼈도 발라내어
세상 밖으로 내동댕이쳐 버렸다
타락한 의식마저 긁어내며 토막 내버린,
테이블에는 눈물 같이 흘러내린 거품 묻은 빈 잔과
거덜 난 빈 안주접시만 빚 독촉하듯 주문한다

어느새 험담하던 요리시간은 끝이 났고
게거품 물던 후배와 나는 호프집을 나와
어둠속을 서둘러 영도로, 초읍동으로 흩어졌다

내일이면 또 다시 그 얼굴을 마주할 일과 같은
그 여자 얘기는 왜 나온 거니?

화 두
– 잘못된 만남

성년이 되어서도 어리석음으로
멱살 잡힌 그 시절
생각이 삐딱한 후레자식과의 만남

세상 길동무나 하자고
선남선녀들 줄줄이 꾀어내어
탁류에 휩쓸리고 오욕에 목매달다가
막다른 골목에 다다르자 신의조차 등 돌린 채
반목과 질시로 사는 오늘,
간교한 목동의 눈속임으로 인해
초원에 방목한 양들의 포근한 미래가 곤두박질친다.

때론 눈물과 분노로 태어난 들소처럼
힐난과 질책에도 아랑곳하지 않고
미친 듯이 광야로 돌진한다
자나 깨나 무지개 꿈만 쫓던 몽상의 굴레에서 벗어나
씻어지지도 않고 태워버릴 수도 없는,

악마의 그림자 같은 콜타르 양심을
무작정 끌고 다니는
저 야수의 검은 심장에
누가 화살대신 우유 빛으로 채색해 줄 것인가,
결국에는 한치 앞을 내다보지 못한
우리의 업보로 남겨질 것을

허튼소리 1
– 말조심

어둠이 바다의 넓은 등짝을 애무하는 해변가

바람결에 절로 취해
해묵은 사랑 놀음도 아니고 대수롭지도 않은
남녀 간에 연정 품은 적 있던
과거사를 무심결에 늘어놓다가
오랜 세월을 기다려 온 사랑을 놓칠 뻔 했다
남녀의 애정관계란 것이
얼마만큼 마음과 마음이 통했다 할지라도
서로 다른 이해와 편견의 현실 앞에서는
비밀 아닌 것도 때론 감춰야 한다는 사실을
죄인처럼 이실직고 하며 얻은 결론,
그저 생각 없이 내뱉은 입을 열 번이고 백번이고
꿰매고 살아야 한다는 것을

아무런 뜬금없이 뱉어버린 말실수 때문에
여자들에게는 치명적인 독이 되고 비수가 되어
먼 훗날 부메랑처럼 되돌아오는 인과응보 같은,
내게는 하나의 실수로 남겠지만

서로의 진실을 알아 갈 때까지
살얼음판을 걷듯 요놈의 말조심 입조심하면서
그렇게 사랑해가면서 사는 게
만물의 영장이 지상에서 양반처럼
헛기침 내뱉으며 누리는 삶인가 보다

허튼소리 2
– 그래서

커피 향이 코끝을 들락날락거리는 카페에 앉아
연인 앞에서 허튼소리 몇 마디 꺼내다가
낭패를 당하고 말았다

남자의 진심을 가슴 열어 보여주겠다고
잠시 농담 삼아 꺼낸 과거의 순정 때문에
지은 죄도 없이 괜히 부정한 자가 되어
가슴팍 치며 후회를 했다
청루를 들락거리는 기생 오라버니처럼 오해를 사며
평생 동안 죄인취급 받을까 두렵다

그런 사랑을 꼭 해야만 할까
서로가 먼저 집안경제권을 소유하고 휘두르기 위해
수학보다 더 어려운 덧셈과 뺄셈에 나누기를 하며
은행원처럼 이해득실을 따지고,
한 몸으로 살면서 책임과 의무를 다하기 보단
서로가 뇌를 굴리며 고무줄처럼 밀고 당기는 일상은

도저히 한 개의 꼭짓점으로 만날 수 없는
두 갈래로 뻗어버린 철길 같은 운명

그래서 남녀사이는 돌아서면 남남이 되고
모든 세상 사람이 겪는 일이자
세상사람 모두가 하기 싫어하는 일을
두 번 다시 저런 실수를 되풀이하지 않으려고
혼자 살고 있는 걸까

그래서 요즘은 결혼의 울타리에서 해방되고
그저 남의 눈치 볼 것 없이 나만 좋으면 된다는,
독신남과 독신녀가 우대받는
그런 세월이 전염병처럼 퍼지고 있나보다

인구는 점점 줄고 언젠가는 이 나라가 없어질지 모르는데도

단돈 이 천 원

앞마당의 싱그러운 향내가 방안으로 쳐들어왔다.

식목일날 나무대신 심은 것이
드디어 본색을 드러냈다.

한차례 대지를 핥으며 지나간 장마를 이겨낸
대추방울토마토가 유럽왕자의 제복처럼
순금 빛 물이 번지르르하게 잘도 들었다.
바로 옆 화분에 덤으로 심은
아삭이고추가 아이 자지보다 더 크게 자랐다

내가 시장에서 이 천 원 주고 사온 묘목에다
수분기 없는 날이면 집식구와 내가 서로 번갈아가면서
수도꼭지를 틀어 화분에다 물을 주며
날마다 커가는 모습에 넋이 나갔다.

줄기와 잎들이 봄을 마시며

슬금슬금 여름을 떠밀고 오는 동안
낮에는 햇빛과 바람을 쐬며
밤에는 달빛과 별빛을 받아 뿌리에 집중하면서
새벽 내내 우주로 높이 키를 밀어 올렸다.

나비와 벌과 참새는 두어 번 다녀갔을 뿐이고,
나와 집식구는 거름은커녕 물만 주었을 뿐인데,
가지가 활처럼 휘어지도록 열매가 알알이 매달렸다.

꼬깃꼬깃한 단 돈 이 천원어치로도
세상 시름을 단박 잊게 해주는

앙증맞은 나의 노리개

물 욕

그냥 살만하면 안분安分할 줄도 알아야 하는데
일상의 만족을 모르고 바람만 너무 많다면
정작, 손에 쥐는 건 하나도 없다

무엇이든 자꾸만 채우기만 하려는 집착은
심해에서 마그마처럼
뜨겁게 치솟아 올라온 분노의 덩어리이다

저 음침한 밑바닥에서
악의 꽃을 틔우듯 욕망은
나약한 의식 속에 능구렁이처럼 또아리를 틀고
한 개의 꿈으로 무럭무럭 자란다

차라리,
물욕 없는 망각증이라도 들어버린다면
만병의 종자들을 멀리 던져버리고
바닥을 기어가는 광어처럼

넓죽 엎드려서 죽은 듯이 살아갈까

아가의 해맑은 웃음소리 같은, 그런

땀은 열이다

땀은
운동할 때나 하고 난 후에 가장 많이 흘리지 않을까

오래 걷거나 계단을 오르내리고,
운전을 하고 노동을 하고 정사를 할 때도
땀이 얼굴에서 목으로 가슴으로 등으로 손바닥으로 흘러 내려간다

아니다,
땀은 생리현상에 따라 땀샘의 분비로 흐르는 것이라고

운동하면서 현미경처럼 나를 들여다보았더니
스트레칭하며 맨손체조 할 때는, 이마와 인중에서 시작해서
팔굽혀펴기로 들어가면, 콧잔등과 목으로 흐르고
역기를 들어 올리면, 머리두피와 가슴골과 등골을 타고,
손바닥에서도 배어나오고,
　조깅을 하면, 입술 위 인중과 턱으로, 귀 뒤로, 눈으로, 겨드랑이
로, 무릎 뒤 슬와로, 둔부로, 배로, 사타구니로 흐르고, 발바닥에서

도 노폐물 같은 액체가 꾸역꾸역 솟아난다

아니다,
운동을 하지 않아도 긴장하고 불안 초조해도
스물스물 벌레처럼 땀구멍을 비집고 솟아나오고
칠월 복날 혓바닥을 내민 개처럼, 땀은
몸 안의 온도보다 바깥온도가 높아도 저절로 삐져나오고
사람의 신체 상태나 상황에 따라 분비되는 거라고

땀은 나를 사랑해서 나오는 흔적 같은,
열 받으면 나오는 노폐물

그 세월을 위하여

우리의 영혼이 똑바로 설 수 있는
그곳에서 살고 싶습니다.

수레바퀴 자국 난 진창길 같은
거짓과 속임수에 눈멀고 귀먹은 속물들이 살 부비며
오광대처럼 사는 곳으로부터
멀리 떨어져 살아갔으면 합니다.

어느 날 거울 속에 드러난
간혹 그릇된 나의 아집과 타인의 잣대로 살아 온
휴지조각처럼 핼쑥해진 세월을 봅니다.

누군가에게 보여줄 대의명분 하나 없이
차라리 지우고 싶은 저 기억들,
해는 동에서 서쪽으로 기울고,
어른이 죽으면 아이가 태어나고,
바람처럼 삶을 물고 과거로 흘러가는 세월들에게

희롱당한 집착의 종기를 말끔히 긁어내고서
동아줄 같은 인연의 끈으로 연결된 우리는
설說이 난무하는 이 시대를
옹골차게 헤쳐 나가야 합니다.

번개 같은 찰나의 쾌락이
벌레처럼 생을 갉아먹는다 해도
태초에 품은 순백의 영혼을
슬기롭게 지켜나가야 합니다.

오래도록 코끝을 휘감는 풍란 꽃 향처럼
아직 절반이나 남은 생의 오후를
한 톨의 밀알이라도 정성스레 뿌리며
하늘과 땅이 합쳐지고 세상이 종말이 온다하여도
불모의 바위틈에서 피 흘리며 올라가는
넝쿨의 생명력 같은 의지로 살아나가야 합니다.

이젠 우리들이
눈을 뜨고 귀를 열고서
청정 수 같은 아침을 맞이할 시간입니다.

성공은

내가 하고 싶은 것, 이루고 싶은 것을
생시에서나 꿈속에서나
현실 같은 꿈의 이미지를 그리고 또 그리면서
맑은 날이든 흐린 날이든 눈비가 내리는 날이든
뼈 빠지도록 정직하게 흘린 땀만큼,
힘차게 가속페달을 밟은 만큼
머지않아 보상을 약속한 그 날
보험만기 같은 성공의 키를 거머쥐고
피라미드의 맨 꼭대기 위에 구름처럼 떠있는
하늘의 보물창고 문을 활짝 열고 들어가
내가 원하는 만큼
마술램프 같은 축복 한 보따리를 가득 챙겨오는 것.

참살이well- being의 염원을 노래하는 시

나 호 열

(시인 · 미디어서울 이사장)

시집 『날마다 달마다』를 읽는다. 『봄이 또 내게로 왔다』에 이은 김흥관 시인의 두 번째 시집이다. 첫 시집의 감흥이 채 사라지기도 전에 눈 안에 담겨오는 칠십 여 편의 시들을 감상하면서 떠오른 생각은 성실함과 지극함으로 표현되는 시인의 인상이다. 이순을 훨씬 넘어 종심從心으로 가는 나이에 만나는 김흥관 시인의 시는 먼 길을 가는 나그네에게 찾아온 길동무 같다. '달마다 해마다 / 빚지고 산다'(빚진 인생 1연)는 구절에 가슴에 턱하니 내려앉고, '신명나게 떠들고 놀다가 관객들로부터 / 찬사나 야유를 받으며 맥없이 퇴장하는 것, // 밀려왔다 밀고 가는 저 세월의 바람처럼' (인생 부분)에 목이 매이기도 한다. 세상에는 배우고 따라야 할 고수가 많음을(人生到處 有上手) 겸손하게 받아들이며 살아왔는데 또 한 명의 고수를 만난 느낌을 굳이 감추고 싶지 않다.

일찍이 공자께서는 칠십 너머의 인생을 회고하면서 인간이 인간답게 성숙하기 위해서는 평생 교육이 필요하다고 하였다. 『논어(論語)』〈위정편(爲政篇)〉에서 다음과 같이 말하였다. "열다섯에 학문에 뜻을 두었고(吾十有五而志于學), 서른에 학문의 정진이 세상을 이롭게 하는데 있음을 깨달았고(三十而立), 마흔에는 뜻한 바의 성취 여부에 후회하지 않았고(四十而不惑), 쉰에는 하늘의 명을 깨달아 알게 되었으며(五十而知天命), 예순에는 남의 말을 듣기만 하면 곧 그 이치를 깨달아 이해하게 되었고(六十而耳順), 일흔이 되어서는 무엇이든 하고 싶은 대로 하여도 법도에 어긋나지 않았다(七十而從心所欲 不踰矩)."

그러나 김흥관 시인에게 있어서 삶의 여정은 공자가 걸어갔던 그 삶과는 쉽사리 마주치지 않았던 듯싶다. 어디 시인뿐이랴! 우리의 삶은 소탐대실小貪大失의 연속이어서 후회와 슬픔이 끊이지 않는 것이 실상이 아니던가. 그래서 '기찻길 옆에서 태어나/ 지평선 너머로 사라지는 기적소리'(「삶이란」 1연)라는 시인의 절창에 고개를 끄덕이게 되고 동병상련의 위안을 안아보기도 하는 것이다. 그렇다고 이런 위안이 오래 갈 수는 없는 법이어서 좀 더 큰 위안, 앞으로 남은 생生을 참답게 꾸려나갈 수 있는 위안을 찾아가게 되는 것이다. 비록 이루어질 수 없다 하더라도 꿈을 꿀 수 있다는 것, 그 꿈의 실현을 위해 지친 몸을 일으켜 세워야 할 에너지를 시인은 이렇게 풀어 놓는다

그래서 날마다 달마다
종일토록 활자에 취해
운문이라도 맛깔스럽게 빚는다면
덩더꿍 신명나게 어깨춤이라도 출텐데

- 「날마다 달마다」 중에서

시인이 꿈꾸는 이런 토로가 이루어질 수 없는 짝사랑이라 할지라
도 우리 함께 그 불구덩이 속에 뛰어들어보는 것이 어떠한가? 날마
다 달마다!